A Rosa, la más auténtica.

Índice

1
¡Qué palo! ¡Yo no voy!

Mañana empiezan las vacaciones en todas las ciudades del mundo, y mi familia y yo vamos a ser los primeros barceloneses en salir a la autopista y llegar al peaje de Martorell.

Lo ha dicho papá, y papá, de pequeño, siempre era el primero en todo.

Yo no, yo nunca soy la primera por culpa de Antonieta Vilaplana, que dice que es mi amiga porque veraneamos juntas, y gana todos los premios de la escuela. Con Antonieta lo tengo crudo. En mi vida he ganado ni una birria de caja de rotuladores porque a ella la conocen todos los jurados de todos los premios del planeta, y aunque me curre un dibujo hasta quedarme sin dedos y lo presente en las antípodas, allá estará Antonieta haciendo el pino y saliendo en las fotos.

Si papá quiere que seamos los primeros lo mejor será que conduzca mamá. Mi madre va a toda pastilla, toma las curvas sin frenar y desmoraliza a los demás conductores insultándolos y tocando el claxon. Con mamá ganamos fijo. Tiene muchos fans. Mis amigos dicen que es una pasada y siempre quieren ir en mi coche porque es como subirse al Dragon Khan sin pagar entrada ni hacer cola.

Lo descubrió el Zanahoria este invierno, una noche que mi madre nos fue a buscar a una fiesta y, como era muy tarde y no había *polis*, se saltó todos los semáforos de la Diagonal. El Zanahoria alucinaba en colores y, entre frenazo y frenazo, me preguntó si quería casarme con él. El Zanahoria es así: se cuelga de mi madre porque conduce de infarto y al cabo de dos segundos quiere acoplarse a mi familia haciéndose pasar por mi novio. Me pareció algo falso, y le contesté que no. El Zanahoria, que es muy sensible, creyó que no me gustaba por sus dientes de conejo —por eso le llamamos el Zanahoria—, y como soy buena persona, me dio pena. Le prometí que, cuando se muriesen sus padres, lo adoptaríamos, y así sería hijo de mi madre, que al fin y al cabo era lo que le interesaba. Se puso tan supercontento que convenció a sus padres para que alquilasen un apartamento en Torredembarra —como nosotros—, para irse acostumbrando a su futura familia. Eso no se lo dijo a sus padres, porque es muy feo, pero se lo dijo a Antonieta Vilaplana, que fue peor, porque le montó un marrón. Este agosto el Zanahoria y yo veranearemos juntos aunque Antonieta Vilaplana —que dice que es mi mejor amiga— reviente de celos.

12

Yo no soy nada celosa y no me importa que el Zanahoria quiera ser mi hermano. Pero lo que él no ha calibrado es que también será hermano de Sonia, y que se llevará la mitad de las tortas que siempre me tocan a mí sola. No sé si decírselo. Yo tengo once años y Sonia, que yo recuerde, me maltrata desde que nací. O sea que hace once años que me maltrata noche y día, pero no la meten en la cárcel porque es una menor y no pueden montarle un juicio, como a los nazis, por torturar a personas inocentes. Si nos maltratase al Zanahoria y a mí, nos maltrataría a media jornada a cada uno, o sea, nos medio maltrataría, y yo saldría ganando. Quién sabe, igual los padres del Zanahoria se ahogan en la playa este verano y el pobre Zanahoria y yo acabamos de hermanos. Digo pobre porque él es hijo único y no sabe lo que es ser hermano de Sonia.

Mi abuela, que se enrolla mucho y sabe

muchas cosas de cuando yo aún no existía, me contó que lo de Sonia no es genético, que antes era normal, y hasta simpática. ¿Alguien es capaz de imaginarse a Sonia simpática? Yo tengo mucha imaginación, mucha. Siempre que no sé una palabra me la imagino, sobre todo en inglés. Puedo imaginarme a los niños trogloditas pintando las paredes de la cueva mientras la madre troglodita cocina un dinosaurio, y puedo imaginarme a Antonieta Vilaplana perdiendo un concurso de poesía y... millones de cosas increíbles, pero nunca tendré tanta imaginación como para imaginarme a Sonia simpática.

Esta noche, cuando papá ha dicho lo de ser los primeros en llegar al peaje de Martorell y yo me he emocionado y he empezado a pensar en los premios, en Antonieta Vilaplana y el Zanahoria, Sonia ha tirado la cuchara contra el plato, para que sonase bien fuerte, y ha dicho:

—¿Levantarme a esas horas? ¡Qué palo! ¡Yo no voy!

¿Por qué? ¿Por qué siempre que a mí me hace ilusión algo Sonia tiene que tirar la cuchara y decir «¡Qué palo! ¡Yo no voy!»? ¿Por qué sólo con mirarme ya sabe lo que me hace ilusión y por eso dice «¡Qué palo! ¡Yo no voy!»? ¿Por qué no quiere venir al Aqua Park, o al parque de atracciones del Tibidabo, o a ver una *peli* de Pokemon? ¿Por qué los derechos humanos de los niños no dicen nada sobre las hermanas mayores que dicen «¡Qué palo! ¡Yo no voy!» para hacer desgraciados a sus hermanos pequeños?

Pero esta vez se ha pasado de lista, y papá le ha tomado la palabra.

—Bueno, pues no vengas, me da igual.

Me he puesto supercontenta y me he solidarizado con mi padre.

—A mí también me da igual.

Pero conmigo se atreve.

—Tú calla, idiota.

Es increíble cómo Sonia puede ir llamando idiota a los menores de edad sin que la procesen. Pero nadie la oye. Sólo yo. Quizá, de tanto oírla, me lo imagino. Debe de ser porque tengo tanta imaginación. Pero yo no he querido callarme, porque si callo una vez se acostumbrará a hacerme callar cada vez que dice «Tú calla, idiota», y estaré perdida.

He dicho que sin Sonia seríamos una familia casi feliz y que dejar a Sonia en casa era la mejor idea que habían tenido y que no entendía por qué los padres de Antonieta Vilaplana se podían divorciar y yo no me podía divorciar de mi hermana..., pero cuando ya me estaba ahogando y he parado una milésima de segundo para tomar aire..., me han obligado a callar y me han mandado a la cama.

Desde la cama, los he oído discutir. Como siempre. Papá decía que, si no nos levantábamos a las tres de la madrugada, todos los demás conductores del mundo se nos adelantarían y colapsarían la autopista. Sonia gritaba que ella no era ninguna matada y que si el primer día de vacaciones tenía que levantarse a las tres de la madrugada se pondría de muy mal humor todo el mes, porque levantarse a las tres de la madrugada a los catorce años es antinatural. Y que ella era una adolescente, y que los adolescentes no pueden controlar el mal humor ni las ganas de llorar que ya le estaban viniendo desde hacía rato.

A mí me ha dado mucha rabia. Desde que en una charla en la escuela le dijeron que era una adolescente —que es algo así como tener anginas—, siempre que puede se aprovecha y te suelta que ella es una adolescente.

Me he tapado los oídos con la almohada. Estoy harta de oír a Sonia todas las noches de mi vida y de saber que por su culpa no podemos ser una familia de ésas de las películas americanas, que cantan en el coche, explican chistes y se ríen mucho.

Sé que sin Sonia podríamos llegar los primeros a Martorell, adoptar al Zanahoria y ver la tele por las noches los cuatro en el mismo sofá. Con Sonia eso es imposible. Quiere el sofá para ella sola, nos apaga la tele y se pone a hablar por teléfono con sus amigas, que son tan desgraciadas como ella.

Me he puesto a imaginar cosas bonitas, que es lo que hago siempre que no quiero pensar en Sonia.

Me he imaginado que estábamos en la playa y que mi padre alquilaba un patín acuático —como cuando era pequeño y las playas eran playas desiertas—. Sonia, claro, decía «¡Qué palo! ¡Yo no voy!», y el Zanahoria, que pasaba por allí, decía: «Ya voy yo».

Era fantástico: mamá, papá, el Zanahoria y yo subíamos al patín acuático, y mi padre empezaba a hablar de lo feliz que era en su infancia feliz cuando comía almejas crudas y se arañaba las piernas con plantas selváticas y saltaba barrancos con la bicicleta. Mientras hablaba y se emocionaba y hasta le caía una lagrimita, no se daba cuenta de que mamá había ido diciendo para aquí, para allá, y cuando mi padre preguntaba «¿Dónde estamos?», ya era demasiado tarde y nos habíamos perdido en el Mediterráneo. Y es que mamá, de orientación, ni pum, pero siempre opina y siempre se equivoca. Y, navegando, navegando, llegábamos a una isla desierta y nos convertíamos en náufragos.

Mamá no tenía que trabajar y podía ir en biquini sin que la criticase la madre de Antonieta —que es una cotilla que siempre lo larga todo—, papá se arañaba las piernas y ponía trampas para cazar animales —como los indios, que aún vivían cuando él era pequeño—, el Zanahoria era el hijo adoptivo de la náufraga de mi madre, y yo me olvidaba de Sonia...

Me he dormido y he soñado que era una náufraga feliz hasta que he oído una voz que salía de las profundidades de mi sueño. Se me han puesto los pelos del cogote de punta.

—¡¡¡ALICIA!!!

Alicia soy yo, pero me he hecho la sorda.

—¡Alicia, sé que estás ahí!

Era la voz de Sonia. La muy impertinente se había colado en mi sueño.

—Hola, Sonia. Ahora tienes el sofá para ti sola.

—Yo también quiero ser náufraga.

Es una envidiosa, siempre me ha tenido envidia porque tengo los ojos azules y ella no.

—Has dicho que te daba palo subir al patín acuático.

—He cambiado de idea.

Es su especialidad, cambiar de idea cada medio segundo. Me he puesto chula.

—Chincha-rechincha.

Yo en los sueños soy muy valiente, pero Sonia es una tramposa.

—¿Ah, sí? Pues os voy a rescatar.

Es capaz.

—No puedes: estamos perdidos y nadie sabe dónde estamos.

Igual va y cuela.

—¡Un cuerno! Yo lo sé todo.

Cuando Sonia dice que va a hacer algo, lo hace. Al cabo de un momento, he oído un ruido de mil demonios, he levantado la cabeza y he visto cientos de helicópteros sobrevolando la isla desierta donde yo era feliz. Y he oído la voz chillona de Sonia.

—¡Están aquí! ¡Están aquí!

La muy chivata nos estaba señalando. Los helicópteros nos han iluminado con unos focos muy potentes y Sonia ha bajado por una escalerilla de cuerda lloriqueando:

—Me habéis hecho muy desgraciada. ¡Por vuestra culpa me he traumatizado!

Ha sido una pesadilla tan horrorosa que he abierto los ojos de golpe. Y... no puede ser..., la he oído. La oigo. Estoy oyendo a Sonia.

—Me habéis hecho muy desgraciada.

No es nada original, es lo que dice siempre.

Sonia está chillando, y la oigo por mucho que me tape las orejas. Dice que ella querría ser una chica alegre y normal, pero que no puede, no puede serlo porque no es rubia ni tiene los ojos azules y no es extranjera, y que eso es un estigma —que no sé lo que quiere decir— y que ningún chico quiere ser su novio porque no es rubia, no tiene los ojos azules y no es extranjera.

Mi madre está cansada. Lo noto porque no está histérica y, cuando no está histérica, es que está cansada, que son las dos cosas que le pasan cuando discute con Sonia. Dice que compadece al pobre chico que sea su novio, pero que cuando tenga novio se quedarán todos muy descansados.

Yo me quedé muy descansada una vez que me sacaron un pincho que tenía en el dedo gordo del pie. Antonieta Vilaplana me había dicho que me tendrían que cortar el pie porque a un primo suyo le había pasado lo mismo y se le había infectado el pincho y se le había puesto el pie negro y se lo habían cortado. Pero a mí no me pasó, porque me han vacunado mucho. En el ambulatorio me sacaron el pincho, y aquella misma tarde metí dos goles en el partido de fútbol contra los de cuarto.

Si Sonia tuviese novio, sería como si me sacasen un pincho. Me quedaría muy descansada.

He soñado que Sonia tenía un novio que se parecía al Zanahoria pero en mayor. Era buen chaval y se lo aguantaba todo. Cuando le decía «Tú calla, idiota», se callaba; cuando le decía «Sal del sofá, que es mío», salía; y cuando se ponía de mala uva y le atizaba una torta, la encajaba sin más. El novio tenía cara de novio y, como era muy buena víctima, Sonia se olvidaba de mí.

Entonces se acababan todos mis problemas y me sentía muy DESCANSADA.

Era tan feliz que no he oído el despertador

a las tres de la madrugada. No lo ha oído nadie, ni siquiera mi padre, que de pequeño siempre era el primero y que quería ser el primero en llegar al peaje de Martorell.

Nos hemos despertado a las diez, o sea, que ya no seremos los primeros. No me importa que el primer coche que haya llegado al peaje de Martorell haya sido el Opel Kadett de Antonieta Vilaplana y que lo haya recibido una banda de música por ser la primera familia de Barcelona que empezaba las vacaciones.

A Sonia, sí. Resulta que había quedado con una amiga a las nueve para ir a la playa y se le ha fastidiado el plan. Ahora está que muerde porque le hemos estropeado el primer día de vacaciones.

Le he preguntado cómo le gustaría que fuese su novio y me ha contestado:

—Tú calla, idiota.

No me ha dado muchas pistas, pero no me he desanimado.

Tengo un mes de tiempo para encontrarle novio. Si no lo consigo, me corto un pie —que dice Antonieta que no duele porque a su primo no le dolió— y me caso con el Zanahoria.

Palabra.

2
¿Quién ve la tele?

¡Hemos salido por la tele!

¡Es fantástico! Soy la segunda de mi escuela que sale por la tele... ¿Por qué nunca puedo ser la primera?

Se me adelantó Perri, el de cuarto, que se hizo famoso y salió en un programa de famosos. No tiene mérito, porque la famosa era su madre, que tuvo seis hijos de golpe, de ésos que fabrican en el laboratorio, pero él se sumó a la famosa de su madre e invitaron a toda la familia a un programa de una presentadora que también era famosa porque copió un libro entero y dijo que se lo había encontrado dentro del ordenador.

Cuando la presentadora le preguntó si le hacía ilusión tener seis hermanitos, Perri contestó que no, que era un rollo, y su padre, que es muy bruto, le atizó un guantazo delante de las cámaras. Perri no lloró, pero sus seis hermanos se echaron a llorar todos a la vez. Lo juro. Fue automático. Como si tuviesen telepatía con Perri. A Perri se le subieron los humos y se inventó que tenía poderes y que si le metían un gol en el patio, sus seis hermanos lloraban automáticamente. Lo decía en una entrevista en la revista de la escuela.

No hacía falta que se inventase la bola esa de los poderes, sin los poderes ya era famoso. Tan famoso que nos pasaron el programa en una clase de Sociales, y todos gritábamos «¡Peeeeerri, Peeeerri!», y al acabar la clase Perri tuvo que venir a saludar y firmar autógrafos.

Ahora me van a tener que entrevistar a mí. Yo soy la segunda de la escuela que sale por la tele. Sonia no cuenta, porque va al instituto.

Ha sido por las bicis. Quiero decir que hemos salido por la tele gracias a las bicis. Mi madre no quería llevarlas. Decía que los niños de ahora ya no van en bici y que las bicis son un estorbo y que ella no pensaba ir en bici y que a mi padre le daría pereza ir a buscar el pan cada día en bici y que lo único que harían las bicis sería molestar.

Pero mi padre —que siempre recuerda los veranos de cuando era pequeño, llenos de carros, de bicicletas y de familias merendando y niñas cantando— ha dicho: «Yo me llevo las bicicletas caiga quien caiga». Y ha caído la suya.

Al llegar al peaje de Martorell, hacía tantas horas que estábamos en la autopista que nadie se acordaba de que llevábamos las bicicletas encima. Mi padre tampoco, claro, y por eso se ha metido por el carril que no le tocaba y al ir a pagar... ¡Patapam! Su bicicleta, que es la más alta, ha chocado contra la barrera de arriba —que no sé para qué sirve— y ha caído contra el capó del coche de detrás.

El conductor del otro coche se ha puesto

hecho una furia, y ha empezado la bronca. Unos cámaras de televisión —que estaban filmando las caras de asco de los conductores— nos han pillado en pleno jaleo, justo cuando el conductor del coche de detrás estaba intentando estrangular a mi padre y nosotras estábamos intentando defenderlo.

Nos han hecho un reportaje y han dicho que, de momento, habíamos protagonizado el episodio más emocionante de la operación salida de hoy. Nos han prometido que saldríamos en el telediario del mediodía y, mientras nos filmaban, he aprovechado para colar que mi hermana se llama Sonia y que veraneamos en Torredembarra. Pero no he tenido tiempo de dar el número de teléfono de casa porque a media entrevista les han avisado de una castaña que había habido en el puente de Molins y han salido zumbando.

Ha sido una lástima.

Seguro que el telediario lo ven millones de personas.

Nosotros no, porque estábamos en la autopista, pero los otros millones que habían salido antes que nosotros seguro que sí. Como a Perri, que lo vio toda Barcelona y toda Cataluña y toda España y lo paraban por la calle y le regalaban huevos Kinder en las tiendas.

Lo malo es que Sonia, que siempre quiere chupar cámara y salir en las fotos, se ha escondido detrás de mi madre porque ha dicho que era una cutrada salir en la tele en un lugar tan cutre como el peaje de Martorell por culpa de la cutrada de la bici de papá, y que todos sus amigos se burlarían de ella cuando la viesen con el Toledo roñoso cargado de bicicletas como si fuésemos la familia Ingels de *La Casa de la Pradera*.

El Zanahoria me ha dicho que he quedado muy bien, muy natural y muy simpática. Pero el Zanahoria no es de fiar, porque es un interesado. Quiere ser amigo mío para que le adopte mi madre y poder flipar con el coche. No es sincero. Antonieta sí que es sincera y me ha dicho que hemos quedado bastante histéricos. Al principio me ha sentado fatal. Yo no soy histérica, la histérica es mi madre. Pero luego he pensado que sí, que tenía razón, que cuando han venido los de la tele estábamos todas gritando para animar a papá.

Son los únicos momentos de nuestra vida en que parecemos una familia de verdad. Cuando gritamos. Nos sentimos muy unidos. Siempre que nos quitan un sitio para aparcar, gritamos todos a la vez desde la ventanilla del coche. A mamá no se lo quitan nunca, porque es más rápida, pero aparcar con papá significa gritar cada tres minutos. Al final, también cansa, y cuando papá se da cuenta de que estamos cansadas de gritar, lo mete en un *parking*.

Yo no me he podido ver, pero si el Zanahoria y Antonieta me han visto, quiere decir que también me habrá visto toda la clase y que cuando vuelva me pedirán autógrafos. Estoy contenta y, si no fuese por papá, pensaría que es un primer día de vacaciones perfecto. Muchos chicos de todo el mundo han visto a Sonia y saben que veranea en Torredembarra. Igual sienten curiosidad y la vienen a ver, para conocer a alguien que ha salido por la tele.

Papá está hecho polvo. Para él, la bici significa mucho, y un verano sin bici es como un verano sin patatas fritas. Dice que se ha roto el cuadro. Mamá, que por muy histérica que sea es buena persona, le ha ofrecido la suya. Lo ha dicho de buen rollo, que yo lo he oído, pero papá se lo ha tomado fatal. Se ha ofendido. No sé por qué, pero se ha ofendido. Ha dicho que él no llevaba bragas, sino calzoncillos, y mamá le ha contestado que era un machista.

No acabo de ver en qué se parecen una bicicleta y unas bragas. Deben de ser cosas de papá, que, como no ha tenido hijos, se ha traumatizado con las bragas y siempre dice que le tenemos ahogado con tantas bragas y que está harto de ver bragas por todas partes.

Un día, para que esté contento, le pediré que me regale unos calzoncillos y me los pondré. En vez de llevar florecitas llevan Piolines, pero yo no tengo manías. Soy buena persona, como mamá.

En el apartamento, se ha acabado el butano con la tortilla de patatas a medio hacer, y mamá se ha mosqueado con los de julio porque dice que son unos tacaños que prefieren comer frío la última semana a cambiar la bombona.

Los de julio siempre tienen la culpa de todo. Si el váter se emboza, son los de julio; si la bombilla está fundida, son los de julio; si faltan vasos, son los de julio. Cuando mamá ha abierto la nevera —para ver si había algo comestible—, ha encontrado tres botes de mostaza y dos latas de mantequilla de cacahuete abiertas. Se ha puesto como una moto y lo ha tirado todo a la basura diciendo: «De julio tenían que ser».

Yo siento una gran curiosidad por conocer a los de julio. Si me aburro, me imagino que soy una niña de julio, una niña guarra que emboza los váteres, funde las bombillas, se acaba las bombonas de butano, rompe vasos y come cochinadas. Cuando sea mayor, me haré de julio, alquilaré el mismo apartamento que la Vilaplana y la dejaré sin butano, sin vasos y sin bombillas.

Sonia se ha echado a llorar, diciendo que quería llorar desde hacía mucho tiempo y que no le salía, pero que eso de quedarse con la tortilla de patatas a medio hacer era algo demasiado fuerte, que la única cosa que podía hacerle ilusión en un día tan asqueroso como el de hoy era comer tortilla de patatas. Papá ha pasado de Sonia y ha dicho que, a falta de butano, él bajaba al bar La Anchoa a zamparse un bocata de butifarra. Mamá y yo nos hemos apuntado y hemos dejado a Sonia llorando.

Al salir a la calle, papá nos ha hecho aspirar a mamá y a mí el aroma del mar —un olor como de gasolina cruda— y ha aspirado hasta que se ha puesto de color lila y ha empezado a toser. En el bar le ha dado por hablar de lo bueno que es el embutido de los pueblos, el tomate de los pueblos y el pan de los pueblos.

Mi padre está traumatizado porque siempre quiso ser un niño de pueblo, y por eso cuando llega al pueblo se emociona, se acuerda de su infancia feliz y no calla. A mí me encanta cuando papá charla sin parar —Sonia no le deja nunca—, pero justo cuando empezaba a emocionarse, ha aparecido Sonia con los ojos colorados y muy ofendida porque la habíamos dejado sola en uno de los peores momentos de su vida.

Resulta que somos unos insensibles porque ella no lloraba por la tortilla de patatas, lloraba porque su ÚNICA amiga se marchaba, y se quedaría todo el mes de agosto sola y marginada en un pueblucho aburrido.

Mamá le ha dicho que no era adivina, y que si no decía las cosas, cómo quería que las adivinase. Y Sonia le ha contestado que la obligación de las madres era entender a sus hijas aunque no dijesen las cosas. Mi madre se ha quedado planchada, y entonces Sonia, aprovechando el desconcierto, me ha gorreado el bocata y ha dicho que quería un biquini blanco.

He protestado, he protestado con todas mis fuerzas, tengo derecho a un *body board* antes de que Sonia se compre su tercer biquini, pero Sonia me ha atizado una patada por debajo de la mesa —de las que no se ven— y me ha fulminado con su frase típica:

—¡Tú calla, idiota!

Lo peor no es que Sonia me maltrate delante de todo el mundo y que no la metan en la cárcel. Lo más horrible es que le han comprado el biquini blanco y yo me he quedado sin *body board*.

He estado esperando todo el día a que alguien preguntase por Sonia porque nos habían visto por la tele. Nada de nada. ¿Quién ve la tele en verano? Quizá los únicos espectadores fueron Antonieta y el Zanahoria. Ni el chaval del bar, ni el chico del quiosco, ni el ciego de la lotería han reconocido a Sonia como la chica de las bicis del Toledo. El ciego tiene una excusa, pero los demás... Empiezo a estar deprimida de verdad... ¿Hay alguien en el mundo capaz de fijarse en Sonia?

¿Cómo le voy a encontrar novio? Necesito que alguien me ayude.

Necesito un cómplice.

3
Mi cómplice

El Zanahoria me ha prometido que sería mi cómplice hasta la muerte, pero se ha empeñado en firmar un pacto con sangre para que fuese más auténtico.

He encontrado un casco de cerveza roto y se lo he dado para que se pinchase, pero me lo ha devuelto diciendo que no, que me pinchase yo primero porque el secreto era mío. Me he empezado a hartar de tanta mandanga, pero él se ha puesto muy tonto repitiendo como un loro que un secreto sin sangre no vale porque sin sangre los secretos no tienen importancia y que los secretos sin importancia se escapan sin querer. Al final me ha convencido, he cogido el vidrio de la cerveza, me he cortado el dedo y el Zanahoria se ha mareado.

El Zanahoria es un buen cómplice, pero no aguanta nada de nada. El muy gallina ha apretado a correr diciendo que no estaba vacunado. Mentira cochina, que nos vacunaron juntos en el colegio.

Antonieta Vilaplana nos ha descubierto persiguiéndonos, ha creído que estábamos jugando al juego de los asesinos y ha deducido que la víctima era el Zanahoria y no se quería dejar matar. Antonieta me ha quitado la botella y, con un chillido que te helaba la sangre en las venas, ha atacado al Zanahoria y ha hecho el trabajo sucio.

Antonieta, que es muy sincera, ha dicho que ella es una sanguinaria y que su madre está preocupada por si tiene un gen de criminal por parte de padre. Una prima suya tenía un gen de ladrón y por eso robaba siempre las gomas de borrar en la escuela.

El Zanahoria y yo hemos firmado nuestro

pacto de sangre gracias al gen sanguinario de Antonieta.

Antonieta se nos ha pegado como una lapa y no nos ha dejado explicarnos el secreto.

Yo no quería que Antonieta fuese cómplice. Mi madre siempre dice que la Vilaplana madre es una cotilla y que lo larga todo.

Le he puesto la excusa de que yo y el Zanahoria teníamos que ir a ponernos una tirita —porque nos podíamos desangrar— y que luego iríamos a Caprabo a comprar con mamá.

Se ha quedado un poco mosqueada.

Ya se le pasará.

El Zanahoria estaba superemocionado, sobre todo cuando ha sabido que la bola del Caprabo no era una bola sino que era verdad, y que iríamos al del Vendrell, que está más lejos que el de Torredembarra, pasando por una carretera superpeligrosa.

A todo esto, yo todavía no le había explicado nada de nada, y lo peor era que el Zanahoria no tenía demasiado interés por saber de qué era mi cómplice.

Le he sentado y le he obligado a escucharme. Le he explicado que teníamos que conseguir que Sonia encontrase novio.

Le ha parecido un problema megacomplicado. Se ha rascado la cabeza, como siempre que finge que piensa, y no piensa, y ha chasqueado la lengua para que pareciese que estaba buscando una solución y no la encontraba.

Le he dicho que se diese prisa porque mi madre aparecería de un momento a otro y se estaba jugando su futuro.

El Zanahoria es un buen chaval y se ha puesto las pilas, ha dejado de hacer teatro y se ha imaginado cómo pensaría si fuese mayor... Lo tenía muy claro: si fuese mayor no querría ser novio de Sonia, querría ser novio de una extranjera rubia. Las extranjeras molan más, no se entiende patata de lo que dicen, te mandan postales del extranjero y no tienes que aguantarlas durante el invierno.

¡¡¡Es demasiado!!! Sonia quiere ser extranjera y el Zanahoria dice que las extranjeras triunfan.

Ser rubia y hablar en extranjero no es tan difícil, está chupado. Quería darle un beso al Zanahoria, pero mi madre nos ha venido a avisar y mi cómplice ha salido detrás de ella en plan pelota diciéndole que él se conocía el Caprabo como si hubiese nacido en una estantería, y que podía encontrar los macarrones y los espaguetis con los ojos cerrados. A mi madre le ha hecho gracia —porque siempre se pierde— y le ha preguntado, en plan *gymkhana*, dónde estaban las aceitunas, y los champús y las patatas fritas. El pelota del Zanahoria no se ha equivocado ni una sola vez y ha conseguido lo que quería: ir de copiloto.

El viaje en coche ha sido bastante emocionante. Cuando mamá está enfadada conduce más kamikaze y, como todavía no le han traído el butano y está furiosa, ha entrado en las rotondas a noventa, ha adelantado un par de camiones por la derecha y ha insultado a un motorista cargado de tomates que iba demasiado lento. El Zanahoria ha dicho que era demasiado, que cada vez tenía más claro que quería que lo adoptásemos y que tenía muchas posibilidades de quedarse huérfano este verano porque su padre quería alquilar una moto acuática.

Hemos llenado dos carros hasta los topes, y ni mamá ni el Zanahoria se han dado cuenta de que, entre los quesos, los detergentes y las sardinas, había también un bote de champú decolorante del pelo.

Sonia iba a ser la extranjera más rubia de todo Torredembarra.

En lo que respecta al inglés, no es demasiado complicado. En una semana, hablará inglés como una guiri auténtica gracias a los casetes de papá de «Dream English». Por lo menos, eso es lo que pone en la propaganda: «Estudie inglés sin darse cuenta».

Están en la estantería del comedor. Papá es tan masoca que se los lleva cada verano y los deja en un lugar bien visible, para verlos a todas horas y tener muy mala conciencia.

Por la noche, mientras Sonia se probaba el biquini blanco en la habitación y mamá juraba que si le traían la bombona de butano aquella noche dejaba de fumar, he vaciado el bote de champú normal y lo he rellenado con el decolorante.

Cuando Sonia se duerma con el *walkman* puesto, le cambiaré la cinta de Estopa por la de «Dream English» y aprenderá inglés sin enterarse.

De buena mañana, ha habido muchas sorpresas.

La primera es que mamá ha dejado de fumar porque trajeron la bombona de butano a las once y cuarenta y tres minutos de la noche. Papá le ha dicho que no hacía falta que se lo tomase tan al pie de la letra y que no valía la pena estropearle las vacaciones por diecisiete minutos de nada. Pero mamá erre que erre, que lo había dicho y que lo haría. Y lo ha hecho. Ha roto dos platos y ha puesto una lavadora con salfumán. Una madre histérica no es nada en comparación con una madre histérica que deja de fumar. Sonia, ni pum. Sobando tan fresca. Me he acercado para ver si soñaba en inglés y... segunda sorpresa.

Sonia había cambiado la casete de «Dream English» por una de los Dusminguets. ¿Será sonámbula? A mí me parece que es una perezosa y que no hablará nunca guiri porque no quiere poner nada de su parte para ser extranjera.

La tercera sorpresa ha sido la más fuerte. Mi padre, que se había escondido en la ducha cuando mi madre se ha puesto a hacer cosas para tener las manos ocupadas y no coger un cigarrillo, ha salido del baño con el pelo decolorado y hecho una furia. Se ha convertido en rubio porque se ha lavado la cabeza con el champú de Sonia. Papá no se lo podía creer y quería ir a Caprabo para ponerles una denuncia, y entonces ha llegado la cuarta sorpresa.

Mi madre, para convencerle de que el rubio le quedaba muy bien, se ha solidarizado y se ha decolorado el pelo ella.

La quinta y última sorpresa ha sido Sonia. Se ha levantado, ha visto a papá y a mamá rubios y se ha puesto a chillar. Ha dicho que aquello era peor que una película de terror, que no había nada más terrorífico que unos padres teñidos, que la cutrada mayor del mundo era la gente teñida y que antes muerta que teñida y que antes muerta que hija de unos teñidos.

Yo he pensado que lo de tener un cómplice era magnífico: siempre puedes echarle las culpas.

El Zanahoria me va a oír.

4
Tonterías con mayúscula

Antonieta Vilaplana tiene un *body board.* Yo y el Zanahoria, no. Sonia tiene un biquini blanco. Yo y el Zanahoria, no. Antonieta tiene una madre separada. Yo y el Zanahoria, no. Sonia es una adolescente. Yo y el Zanahoria, no.

Yo y el Zanahoria estamos de acuerdo. No hay nada peor en este mundo que pasar el verano con una hija de separada y una adolescente. Si tus padres se separan o eres adolescente, te lo compran todo, todo lo que pidas. Dices: «Me gustaría...» y antes de que acabes de decirlo, ya tienes un biquini blanco o un *body board* a los pies de la cama.

No es que yo quiera un biquini blanco —el

Zanahoria tampoco quiere un biquini blanco—, pero por culpa del biquini blanco de mi hermana adolescente, yo y el Zanahoria nos hemos quedado sin *body board*. Y hablo en plural porque, si yo tuviese un *body board*, lo compartiría con el Zanahoria como si fuésemos hermanos. Es mi cómplice y hemos jurado con sangre que seríamos cómplices hasta la muerte y eso quiere decir compartir las tortas de Sonia y el *body board*. Además, el Zanahoria y yo cabríamos juntos, porque estamos tan delgados que se nos ven las costillas.

En la playa, las señoras siempre nos miran con cara de lástima. A Antonieta le dicen: «¡Oh, qué niña tan rica!»; y a Sonia: «¡Ya es toda una mocita!» A mí y al Zanahoria no nos dicen nada. No se atreven a decir «¡Qué ricos!». Saben que si dijesen «¡Qué ricos!» sería una mentira cochina, y prefieren mirar para otro lado, como si no nos hubiesen visto. Pero yo paso de las señoras que te tocan como si fueses un panecillo de Viena y te clavan los ojos con glotonería, como si quisiesen pegarte un mordisco.

Ahora, el Zanahoria y yo —los niños invisibles que nadie encuentra ricos— tenemos que arrastrarnos ante Antonieta Vilaplana —que sí es una ricura— y pedirle *«porfa-porfa»* que nos deje su *body board.* La vida es injusta.

Hoy, en la playa de las barcas, ha sido muy humillante. Antonieta nos ha pasado el *body board* por delante de las narices y nos ha dicho que si queríamos subir teníamos que jugar a lo que ella dijese. Hemos jugado a robots. Antonieta nos daba órdenes y nosotros, como éramos robots, obedecíamos.

Yo era el robot que le servía el té y el Zanahoria era el robot que le regaba las plantas. Le he servido trece mil billones de tés y ella venga a decir «otra taza, por favor». El pobre Zanahoria ha regado las plantas de todo el Amazonas, pero Antonieta torcía el morro y decía «riégalas otra vez».

Antonieta, cuando sea mayor, quiere ser

una inglesa millonaria con un jardín muy grande y muchas teteras de plata para tomar el té. Dice que los millonarios más millonarios del mundo toman té y tienen plantas. ¡Y un churro! Le he dicho que en la India también toman té, tienen toda una selva y son la tira de pobres. Lo vi una vez en un documental. Antonieta se ha mosqueado y ha dicho que ella también veía documentales y que se tomaría el té con limón, que es como se lo toman los ricos, porque los ricos tienen limones y los pobres no.

La he cagado, y me ha tocado ir a buscar limones al limonero —que era una palmera sin hojas— cada vez que la señora quería té.

El Zanahoria, que es más pelota que yo, no ha despegado los labios en todo el rato, por si acaso, y Antonieta le ha dejado el *body board* antes que a mí. A mí —chincha-rechincha— me ha hecho esperar hasta el último momento, cuando estábamos a punto de irnos y mi padre estaba negro de tan achicharrado.

He subido al *body board* y... mierda..., no había ni una ola. Ni una. Lo juro. El mar se ha quedado planchado. Lo ha visto todo el mundo. Toda la playa ha podido ver cómo no podía jugar con el *body board* porque no había ni una ola. Cuando he protestado ante Antonieta porque mis cinco minutos no valían y me tocaba un rato más, me ha contestado que lo sentía mucho, pero que se me había acabado el tiempo y que ella no era Neptuno y no tenía poderes.

—Antonieta es una tramposa.

Esto lo he cuchicheado al oído del Zanahoria. Y Antonieta, que lo ha oído, se ha picado. Ha dicho que éramos unos falsos y que siempre íbamos con secretitos, porque ya sabía que teníamos un secreto y no se lo queríamos decir. Ella, en cambio, es muy sincera, y se ha puesto a decir cosas sinceras: ha dicho que mis padres teñidos daban mucha pena, que Sonia era una marginada que no tenía amigas, que los padres del Zanahoria eran unos fantasmas porque no se les veía nunca y que el Zanahoria y yo éramos clónicos, que decíamos lo mismo, pensábamos lo mismo y hacíamos las mismas cosas. Para acabar de ser sincera del todo, ha dicho:

—No tenéis nada de personalidad.

Se ha pasado un montón, así que he querido contestarle algo muy gordo y muy desagradable, pero no se me ha ocurrido nada. A veces, se me acaba la imaginación.

—Ya no soy tu amiga.

No es original, pero funciona. Antonieta me ha quitado el *body board* de un tirón y se ha quedado mirando fijo al Zanahoria.

—¿Y tú?

Le estaba haciendo chantaje. Si no era su amigo, se quedaba sin *body board.* El Zanahoria ha dudado. Se ve que lo de no tener personalidad le ha llegado al corazón, pero al final, como es mi cómplice, se ha solidarizado conmigo y la ha dejado plantada.

Hemos vuelto a casa bastante desanimados. Yo, fastidiada por haberme quedado sin *body board*, y el Zanahoria, de lo más acomplejado por no tener personalidad.

No quiero volver a ver nunca más a Antonieta ni al *body board* de Antonieta, ni escuchar las sinceridades de Antonieta, pero tendré que pasar el resto de las vacaciones yendo cada día a la playa de las barcas y aguantando el espectáculo de Antonieta pasándolo bomba con el *body board* y escuchando los comentarios de las señoras diciendo «¡Qué niña tan rica!».

Es vomitivo.

Al entrar en el apartamento, me ha parecido que alguien se había dejado las salchichas en la sartén. Había una humareda tremenda y olía a quemado. Pero resulta que no, que no había ninguna sartén en el fuego y quien olía a quemado y humeaba era mi padre. Mamá lo estaba untando *de after sun* y riñéndole porque no había querido ponerse protección solar y papá decía «¡Vuelve a fumar y déjame tranquilo!».

Es verdad, mamá no puede estarse quieta. He ido a la cocina para explicarle que Antonieta era una egoísta y una tirana y me ha contestado que todo eso eran tonterías. Y mientras lo decía, pelaba una patata, encendía el fogón, batía un huevo y cortaba pan. Mi madre me cansa. Nos cansa a todos. Sobre todo cuando deja de fumar y se empeña en tener las manos ocupadas. Le he repetido la historia de Antonieta por si no me había oído y me ha vuelto a decir lo mismo, que era una Tontería con mayúscula. Quizá sí que es una tontería. Quizá cuando sea mayor no me preocupen las tonterías, pero como no tengo cosas importantes de que preocuparme, me preocupan las tonterías y no sé cómo quitarme las tonterías de la cabeza.

A la hora de comer han llamado al timbre

y mi madre, que no puede estarse quieta, ha salido corriendo a abrir la puerta.

Hemos oído la voz chillona de la Vilaplana madre diciendo que le traía una toalla que nos habíamos olvidado en la playa.

Mi madre ha vuelto a sentarse a la mesa con cara de mala uva y al cabo de poco ha empezado a dar golpecitos, «toc-toc», con el tenedor contra el vaso.

Es un ruido torturador, para ponerte nervioso, y significa que se avecina tormenta. Todos hemos callado y hemos comido deprisa para huir de la mesa antes de que estallase.

Somos unos cobardes, pero cuando mamá se pone como una moto, al final siempre hay alguien que se la carga. Puede ser por culpa de cualquier bobada que haya pasado durante el día, una de esas cosas invisibles que sólo ven las madres y que las ponen de los nervios: encontrarse pelos en el fregadero, la nevera abierta o... una toalla olvidada en la playa. Estaba a punto de acabarme el plátano —porque no hay que pelarlo con cuchillo y es superfácil de comer— cuando mamá ha hecho «plof». Quiero decir: ha estallado. Ha tirado el tenedor al suelo y ha gritado:

—¡Estoy harta!

Todos nos hemos mirado muy asustados. Papá se ha levantado —el muy gallina— diciendo que tenía una insolación de caballo y que se iba a dormir la siesta. Es una bola de las que cuelan. Si quieres improvisar no te sale, pero él se ha estado asando toda la mañana para poder decir a la primera de cambio, cuando mamá se pusiese histérica, «Me voy a dormir la siesta». Pero cuando mamá tiene un ataque de histeria necesita culpables o necesita público y, antes de que papá desapareciese, se ha apresurado a concretar.

—¡Estoy harta de la Vilaplana! ¡No la soporto!

Sonia y yo hemos dejado de mirar hacia la ventana —la salida de emergencia para huir volando— y nos hemos quedado boquiabiertas.

Mi padre se ha puesto en plan comprensivo y le ha preguntado:

—¿Por qué?

Y mi madre se ha enrollado como una persiana. Que si la Vilaplana le ha soltado que el rubio le queda fatal, que si la Vilaplana le ha dicho que estaba más gorda, que si la Vilaplana le ha comentado que las toallas eran las mismas que las del año pasado y bla, bla, bla.

¡Vaya morro!

Si Antonieta me esclaviza, me insulta y no me deja su *body board* es una Tontería con mayúscula; y en cambio, si la madre de Antonieta le comenta que las toallas son las mismas que las del año pasado —que es la pura verdad—, es un Problema con mayúscula.

Mi madre siempre me dice que «hay que decir la verdad», y cuando le dicen la verdad a ella, se le atraganta.

Yo creía que, cuando fuese mayor, podría

escuchar las verdades sin inmutarme. Que vendría Antonieta y me diría «¿Quieres que te diga la verdad?», y yo le contestaría «Dime, dime» y ella me soltaría «No tienes personalidad» y yo me quedaría tan fresca —porque sería mayor—, y tan amigas. Pero va y resulta que no, que cuando sea mayor y Antonieta llame a la puerta de casa y me diga «No tienes personalidad», me pondré furiosa, tiraré el tenedor al suelo y me echaré a llorar y a dar un espectáculo delante de mis hijos.

Es penoso.

Quizá vale más no crecer.

Pero me lo he callado y he pensado que, si no podía ser sincera —porque mi madre no soportaba la sinceridad—, podía ser un poco mentirosa y aprovecharme. Y he empezado a decir mentiras de la Vilaplana para dar la razón a mamá y animarla —cuando se anima, nos hace macarrones—. Todos le hemos dado la razón y resulta que por primera vez en la vida hemos estado los cuatro de acuerdo.

Tener un enemigo y ponerlo verde está muy feo, pero es fantástico que toda la familia tenga un enemigo porque se siente muy unida y el enemigo sirve a una buena causa.

Papá decía que se ha quemado por culpa de la Vilaplana. Sonia, que se había ensuciado el biquini por culpa de la Vilaplana, y yo, que en el mar no había olas por culpa de la Vilaplana.

En esto, me he dado cuenta de que todos éramos buenas personas y de que la mala era la Vilaplana, y que cuantas más maldades explicábamos de la Vilaplana, mejores personas nos sentíamos.

Papá ha quitado la mesa, Sonia me ha dejado un trozo de sofá, mamá me ha dado cinco euros para que ahorrase para un *body board* y yo les he invitado a pipas.

Claro, por eso los países buscan pelea con los vecinos. Todas las familias tendrían que tener una vecina como la Vilaplana y dedicar un rato cada día a ponerla verde. Se querrían más.

Me habría gustado que el tema de la Vilaplana no se hubiese acabado nunca, pero mi familia no tiene tanta imaginación como yo y al cabo de un rato ya no sabían qué decir y entonces mamá ha propuesto cambiar de playa para no ver más a la Vilaplana. En vez de ir a la playa de las barcas, iríamos a la playa de los *guiris*, que como no se enteran no se meten con nadie.

A mí me ha parecido genial. Quería dar un beso a mi madre. Y es que, de rebote, ha solucionado mi problema. No tendré que ver a Antonieta ni su *body board*. Papá no ha opinado porque no piensa volver a la playa, pero Sonia...

Sonia ha soltado su frase preferida:

—¡Qué palo! ¡Yo no voy!

¿Por qué? ¿Por qué cuando a mí algo me hace ilusión, mucha ilusión, por ejemplo cambiar de playa para despistar a Antonieta, ella va y me lo estropea?

Y ya la hemos armado. Sonia ha tirado la servilleta al suelo y se ha encerrado en la habitación —en nuestra habitación— y cuando mamá le ha dicho que no era para tanto, ella ha gritado —simulando que lloraba— que no es una matada y que no piensa matarse cada día para ir a una playa alejada de la civilización —total, está a un kilómetro—; y no ha dejado de llorar hasta que mamá le ha prometido que iríamos en coche.

Mamá ha suspirado tranquila: «Todo arreglado». Pero cuando he querido entrar en la habitación —mi habitación—, Sonia me ha dado con la puerta en las narices.

El Zanahoria me ha animado con su teoría. El Zanahoria es muy teórico. Dice que si a los de aquí les gustan las extranjeras, a los extranjeros tienen que gustarles las de aquí.

Sonia no es rubia ni tiene los ojos azules, pero los extranjeros —que son rubios y tienen los ojos azules— están hartos de ver chicas rubias con los ojos azules. O sea que Sonia, en la playa de los guiris, será una extranjera y molará un kilo.

Yo creo que el Zanahoria, diga lo que diga Antonieta, tiene mucha personalidad.

5
La playa de los guiris

En la playa de los guiris, no puedo dejar de mirar. Mamá me dice «No mires», pero se me van los ojos y acabo mirando, como en el zoológico, cuando me da por mirar a los chimpancés y me paso horas hipnotizada viendo cómo se pelean por un plátano, se rascan las pulgas, enseñan el culo y trepan al palo para que no les aticen los grandullones.

A los guiris, el primer día, también me los quedo mirando. Me alucina oír cómo hablan —y se entienden— y ver las porquerías que comen, los bañadores que usan, los tatuajes y los *piercings* que llevan por todas partes, y sobre todo los colores que se les ponen. La playa es como una caja de acuarelas. Te encuentras guiris naranjas, rosados, lilas, escarlatas, rojos, marrones y negros. Hay familias tope variadas de color, que cuando se ponen debajo de la sombrilla quedan muy alegres, como si fueran una pintura del señor Miró.

Al Zanahoria, que era la primera vez que ponía los pies en la playa de los guiris, le ha cogido un telele y se ha quedado con la boca abierta. Pero el Zanahoria es mucho más maleducado que yo. No sólo miraba, sino que señalaba con el dedo y decía «¡Arrea! ¡Mira ése!», y eso ya queda más feo y se nota más que estás mirando.

Me lo he llevado al agua y hemos estado jugando a tiburones. Al salir del agua el Zanahoria ya no veía ni torta —porque tenía los ojos llenos de sal— y se le han pasado las ganas de mirar.

Sonia estaba muy estúpida. Siempre es estúpida, pero hay días que lo es más que otros.

Hoy le ha salido un grano en la nariz, y por el chillido que ha pegado cuando se ha visto en el espejo, hemos creído que la habían asesinado.

El grano de Sonia nos ha tenido ocupados toda la mañana. Después de enviar a papá a la farmacia de urgencias, porque era muy grave, mamá se ha encerrado con ella en el baño y, al cabo de millones de horas y millones de gritos, Sonia ha salido con la cara hecha un mapa y pringada de mercromina. De tanto hurgar, le ha quedado la nariz como una patata. De natural ya es fea, pero hoy estaba horrorosa.

Y, entonces, claro, como no es tonta, no quería venir a la playa para que nadie la viese, pero papá no ha querido quedarse a hacerle compañía —porque tenía que arreglar la bicicleta— y mamá no ha querido dejarla sola en casa —porque tiene miedo de que le revuelva las cosas—.

Sonia, muy ofendida, ha dicho que se quedaría a esperarnos en el coche, pero el Zanahoria le ha explicado que un primo de

Antonieta se murió dentro de un coche mientras esperaba a su familia. Se ve que hacía tanto calor que se asfixió.

Sonia ha cambiado de opinión, se ha tapado la cara con la toalla y ha venido a la playa de los guiris.

Por el camino, como no veía tres en un burro, ha tropezado con una sombrilla y ha caído sobre la fiambrera de guisantes de una familia de ingleses que estaban a punto de comer —o de cenar, o de merendar—. Mamá la ha reñido y Sonia, medio llorando, le ha soltado un rollo sobre la inseguridad que le creaba el grano de la nariz y de lo que sufría porque, además de sentirse muy insegura, se sentía incomprendida.

Mamá —cosa rara— ha pasado de ella. Se ha quitado la camiseta y se ha quedado en biquini. En la playa de los guiris hasta las sardinas van en biquini, pero Sonia se ha horrorizado y ha pedido a mamá que se pusiese un bañador porque no tenía edad para ir enseñando la barriga y además la tenía muy fea y la estaba avergonzando. Ha empezado a hacerle una lista de todas las cosas que la avergonzaban de su familia, pero mamá se ha ido a bañar para no oírla, y entonces se ha girado y me las ha explicado a mí.

Sonia tenía un día estúpido y los días estúpidos de Sonia se notan mucho. Cuando llega la noche, tienes un dolor de cabeza muy misterioso. Es la voz de Sonia —que es como una taladradora— que te ha ido barrenando el cerebro. La voz de Sonia es un fenómeno de voz mortífera. Los días estúpidos no calla, y nada ni nadie es capaz de hacerla callar. Si callase, sería un milagro, y hoy, en la playa de los guiris, se ha producido un milagro.

Una pelota desorientada ha aterrizado en la cabeza de Sonia y la ha hecho callar.

Palabra.

Sonia se ha callado de golpe.

No ha dicho nada, y ha seguido con cara

de odio la trayectoria de la pelota hasta que ha topado con un chico que llevaba un flequillo muy rubio, un tatuaje muy chorra y una raqueta de madera.

Era el culpable, no había duda. Y era alemán, porque los alemanes siempre hablan como enfadados y escupiendo las consonantes, y éste ha venido hacia Sonia hablando como enfadado y escupiendo las consonantes.

Yo la veía venir, el Zanahoria la veía venir. Todos veíamos venir la que le esperaba al pobre chico alemán del flequillo.

Todos conocíamos a Sonia y, como mínimo, le haría tragarse la raqueta, la pelota, el tatuaje, y le arrancaría uno a uno los pelos del flequillo. Pero en vez de eso, Sonia ha callado. Ha sido el segundo milagro.

El alemán venga a ladrar y escupir consonantes y Sonia callada y colorada. Colorada como un guiri gamba sin haber tomado nada de sol.

El Zanahoria, que como es mi cómplice es-

tá muy al tanto de todo lo que hace Sonia, se ha chivado.

—Le mola.

—¿Le mola que le tiren pelotas a la cabeza?

—Le mola el guiri.

No podía ser, pero era. Estaba ante una oportunidad única. A Sonia le molaba un chico y si yo no hacía nada... no pasaría nada.

—Dice que si quieres jugar a pelota con él.

Me ha salido así, de golpe. Sonia se me ha quedado mirando estupefacta. No sabía que yo hablase alemán, ni yo tampoco. Pero Sonia debía de estar un poco convaleciente por el pelotazo y se lo ha tragado.

—Dile que no sé jugar con la raqueta.

Y entonces yo voy y... he hablado alemán. O sea, he empezado a ladrar y a escupir y a decir palabras que me sonaban, como «cartoffen» y «aai» y «dabuten» y «aufidersen». El alemán va y... me ha escuchado —bastante descolocado— y va y... me ha contestado.

Y yo me he convertido en la intérprete entre mi hermana y su futuro novio.

—Dice que es igual, que estás muy buena y que no le importa que no sepas jugar.

Sonia —que es una creída y se lo ha tragado— ha sonreído al del flequillo, ha cogido la otra raqueta, ha recogido del suelo la pelota asesina y le ha arreado un raquetazo.

La pelota ha ido a parar a los morros del alemán. «Plof». Sonia se ha echado a reír y el alemán, mientras se le iban hinchando los morros, también ha reído. Los dos riendo. La verdad es que daban mucha pena.

El alemán —después de reír— ha soltado un montón de gruñidos y yo he traducido lo que me ha parecido más lógico.

—Dice que tienes muy buen estilo y que podéis hacer un partido a once.

Sonia ha hecho un gesto de OK, se ha alejado unos pasos, ha sacado con un estilo penoso y el alemán le ha devuelto la pelota.

Sorpresa.

Sonia, que no esperaba que su pelota volviese, se ha quedado con la pala levantada, bastante ridícula, y se ha echado a reír. El alemán también se ha reído. Y yo, en medio, con ganas de vomitar por tanta cursilería, he traducido:

—Uno a cero. Saca el guiri.

El alemán ha sacado, con bastante mejor estilo que Sonia, y la pelota ha ido a parar al mar porque Sonia ni la ha visto pasar ni ha mostrado el más mínimo interés por pararla. El Zanahoria, solícito, ha corrido a recuperarla, y el alemán ha hecho unos comentarios que me he apresurado a traducir a Sonia.

—Dice que el grano no se te nota nada.

Sonia ha dudado unos instantes, me ha mirado con cara de querer fusilarme, ha mirado al alemán, ha cambiado de idea y se ha echado a reír.

¡Salvada!

Sonia ha estado a punto de pescarme, pero en vez de preguntarme cómo demonios había aprendido alemán en una mañana me ha cuchicheado con voz de mosquita muerta:

—Dile que me gusta su tatuaje.

Yo he obedecido y he soltado cuatro palabras con muchas «cartoffen» por medio y el alemán, que, lo juro, se esforzaba por escucharme y entenderme, ha puesto cara de sorpresa y me ha escupido un millar de consonantes.

—Dice que si quieres te hará uno en el ombligo.

Sonia se ha mirado el ombligo. El alemán ha mirado el ombligo de Sonia. Sonia, coqueta, le ha guiñado un ojo, y el alemán se ha reído.

Todo iba superbién hasta que la madre del alemán, una guiri-foca, ha pegado cuatro gritos desde la otra punta de la playa. No ha hecho falta que yo tradujese, porque hablaba en el lenguaje universal de las madres —mucho más antiguo que el de los sordomudos— y estaba diciendo «a comer». El alemán se ha girado hacia Sonia y ha gruñido.

—Dice que se va a comer las salchichas.

El alemán ha cogido la pelota, se la ha puesto a Sonia en la mano y ha soltado cuatro frases lastimosas, muy tristes, con cara de besugo.

—Dice que le guardes la pelota porque él siempre la pierde.

El alemán ha suspirado profundamente, ha hecho un gesto con la mano como quien se espanta las moscas, y me lo ha puesto un poco difícil. Pero yo no me he cortado un pelo y he traducido.

—Mañana seguiréis el partido. Vais tres a cero.

El alemán ha dado un beso a la pelota y Sonia se ha vuelto a poner como un pimiento. Sonia, de pie, le ha dicho adiós con la mano y el alemán se ha alejado mirándola y ha tropezado con una sueca. Sonia ha olfateado el aire como si aquello fuese el final de un anuncio de colonia, se ha dejado caer de culo con la pelota en la mano, se ha toqueteado el grano y ha suspirado. Ha estado callada todo el resto del día.

En el apartamento, papá y mamá se han asustado de verdad. Mi madre ha consultado a una vecina que es enfermera por si hacía falta llevarla al médico y que le hiciesen una radiografía del cerebro. Temía que el pelotazo le hubiese afectado el coco.

Hace catorce años que Sonia no se pasaba la tarde callada. Nadie había visto jamás a Sonia callada, con una pelota en la mano, mirando al infinito, tocándose un grano de la nariz y suspirando.

La enfermera le ha tomado el pulso, le ha tocado el chichón y ha dicho que no era grave, pero que si tenía convulsiones o vomitaba lo mejor sería llevarla a urgencias.

Sonia no ha tenido convulsiones ni ha vomitado. Se ha dormido con la pelota tan apretada que la mano se le ha quedado redonda. A las ocho de la mañana ya estaba levantada y nos ha despertado a todos porque se hacía tarde para ir a la playa.

A las diez, estábamos en la playa. Sonia con la pelota en la mano, yo dispuesta a hacer de traductora y el Zanahoria de espía, a la salida del cámping, para avisarnos en cuanto se acercase el alemán.

Se han hecho las once y las doce y la una y... sobre las dos, el Zanahoria ha vuelto, rojo gamba tirando a cigala, con la cabeza caliente y chorreando sudor. Mamá le ha tocado la frente, preocupada, y ha dicho que estaba ardiendo y que era una locura pasarse la mañana de pie a pleno sol y sin sombrero.

Mamá ha cogido las llaves del coche y ha empezado a recoger las toallas.

Yo me he visto en la obligación de decirle algo a Sonia.

—Me parece que el alemán no va a venir.

Sonia, que se ha pasado toda la mañana de plantón bajo la sombrilla, se ha levantado hecha una furia, ha dicho con muy mala uva «Tú calla, idiota» y me ha tirado la pelota con toda la rabia de que ha sido capaz.

Yo, que la he visto venir, me he agachado, y la pelota ha acertado de lleno al Zanahoria en la cabeza.

Al Zanahoria sí que le hemos tenido que llevar de urgencias.

6
¿Quieres ser el novio de mi hermana?

La semana sin el Zanahoria se me ha hecho larguísima. Antonieta se ha acoplado a mi familia y ha venido con nosotros a la playa de los guiris. Ha sido supersimpatiquísima y me ha dejado su *body board* a todas horas y me ha dicho que ya no quería ser inglesa porque las inglesas cuando se hacían viejas se volvían locas y llenaban la casa de gatos, perros y periquitos. Dice que lo vio en un documental y como es muy sincera me lo he creído.

Por las tardes hemos ido en patinete y me ha enseñado una calle que hasta ahora era suya y que también puedo usar yo si voy con ella. Es una calle que da vértigo con sólo mirarla, pero la gracia de la calle no es el desnivel, sino el gato.

Se trata de bajar en patinete y de pasar por delante del quinto chalé sin que el gato siamés de los holandeses de la casa se te eche encima. Siempre está tumbado sobre la verja de la entrada, al acecho. Se lame las patas y toma el sol como si pasase de todo, pero en cuanto oye el ruido del patinete se levanta y salta. O las dos cosas a la vez. No puedes decir si salta antes de levantarse o si se levanta de un salto. Pero antes de llegar al chalé de los holandeses, oyes un marramáu terrorífico y te cae encima una bola de pelo erizado llena de uñas.

La gracia no está en que te arañe —eso no tiene ninguna gracia—, la gracia es esquivarlo y conseguir que el gato se dé contra el suelo de morros. Se necesita mucha técnica, y de paso te llevas una docena de arañazos, pero vale la pena. El gato no sabe perder y cuando no te pilla se pone de una mala gaita increíble. Más o menos como mi padre cuando encuentra unas bragas de Sonia en el comedor.

La calle se merece un diez, pero le he dicho a Antonieta que le ponía un nueve para que no se le suban los humos. Tampoco he querido decirle que volvíamos a ser amigas. Si lo digo me comprometo y prefiero no tener compromisos. He descubierto que si no somos amigas Antonieta se lo curra más, se esfuerza por ser simpática y no es tan sincera.

A mí me da en la nariz que quiere sustituir al Zanahoria y ser mi cómplice, por eso me dice cada cuatro minutos «Si tienes algún secreto me lo puedes explicar». Pero yo he callado como una muerta por respeto al Zanahoria y porque no acabo de fiarme de Antonieta. Es capaz de plantarse delante de Sonia y soltarle que es una pesada y que le estamos buscando novio.

Confieso que un día estuve a punto de chivarme. Tenía muchas ganar de explicarle que Sonia se había vuelto sonámbula y quería asesinarme. Pero me acordé de mi juramento y de la sangre. El Zanahoria tenía razón. Lo de la sangre impone respeto. Quieras o no, si te has cortado una mano por un amigo, el secreto no se te escapa con tanta facilidad.

No he soltado prenda en toda la semana y he resistido hasta que el médico le ha dado el alta al Zanahoria —que no sé si quiere decir que ha crecido— y sus padres le han dejado salir.

El Zanahoria ha mudado la piel como una serpiente y ahora es blanco, tan blanco que da un poco de corte pasear con él por la calle. Todo el mundo se gira para mirarlo porque canta mucho en un pueblo de playa donde todo el mundo está negro.

Mientras nos tomábamos un helado, se lo he explicado todo desde el principio.

La misma tarde que él estaba en el hospital a punto de morirse, Sonia, sin sentirse en absoluto culpable por haberle arreado el pelotazo, se fue andando ella sola hasta el cámping del alemán —le importó un rábano andar un kilómetro— y estuvo interrogando a todo el mundo, como una espía rusa, hasta que tropezó con Lissy, una inglesa que chapurreaba francés y que conocía al alemán del flequillo y el tatuaje porque habían sido vecinos de tienda. Le explicó que el alemán se llamaba Hans, que tenía quince años, que vivía en Berlín y que se le habían acabado las vacaciones y no volvería más a España.

Sonia volvió a casa hecha polvo y comunicó a todo el mundo que se quería suicidar. Papá le dio un cuchillo y le dijo que se cortase las venas, pero que por favor saliese a la calle porque no quería que se ensuciase la alfombra del comedor ni que dejase la bañera hecha un asco.

A veces, papá mola y aquel día me dejó

muy impresionada. Sonia tiró el cuchillo al suelo y nos acusó de querer deshacernos de ella, que su familia deseaba que se muriese para no verla más. A mí se me escapó que sí y me tocó recibir. Me soltó una torta delante de todo el mundo.

Mamá, que estaba preocupada por el Zanahoria, le pidió que dejase de montar el numerito y Sonia me miró con cara de odio y dijo —delante de todo el mundo— que era sonámbula y que no respondía de lo que podía hacer cuando iba sonámbula.

Es imposible dormir en la misma habitación que una persona que te odia y te comunica que es sonámbula. Es una coartada magnífica. Si Sonia me asesinase y me hiciese pedacitos, el jurado diría: «Pobrecita, era sonámbula. ¡Inocente!».

No he podido pegar ojo ni una sola noche. Y Sonia no lo decía de broma. Se paseaba como un fantasma por la habitación, aullando y diciendo que Hans había sido el único amor de su vida y que yo era la culpable de que no hubiese tenido tiempo de darle la dirección de correo electrónico.

Pero lo que mis padres no saben es que se pasaba la mañana roncando. La he descubierto hoy, cuando he vuelto de la playa porque me había olvidado el rastrillo. Estaba sobando, tan fresca, con la ventana abierta y la música a tope.

El Zanahoria, como ha podido dormir noche y día, tiene el cerebro muy fresco y le funcionan todas las neuronas.

Me ha dicho que si la montaña no iba a Mahoma, Mahoma iba a la montaña —¿o era al revés?— y que si Sonia no quería salir de casa lo que teníamos que hacer era repartir una foto de Sonia entre los chicos del pueblo y decirles dónde vivía.

—¿Y el alemán? Tenemos que quitarle a Hans de la cabeza —le he recordado.

—Dile que tiene novia.

Me he quedado superimpresionada. El Zanahoria es un coco. Me he rascado el bolsillo y le he invitado a otro helado.

Hemos ido a casa y, a escondidas, hemos cogido el bolso de Sonia. Nos hemos encerrado en el baño y después de registrarlo —¡cuánta mierda!— hemos encontrado tres fotografías suyas. Las tres son horrorosas. No creo que ningún chico que vea una foto de Sonia tenga el valor de atreverse a conocerla, pero el Zanahoria me ha dicho que no estaban mal y ha escogido la foto en que enseña las piernas y está riendo. Ha dicho que parecía un poco simpática y un poco fresca. De camino hacia su casa hará fotocopias en la librería y dirá que carguen la factura a los periódicos de su padre.

Por la noche, mientras cenábamos, me he hecho la simpática. He preguntado a papá por su bicicleta —que le hace mucha ilusión porque se la ha arreglado él solo— y como en casa nadie le pregunta nunca nada se ha enrollado mucho y me ha explicado que mañana irá de excursión hasta el monasterio de Poblet. Sonia se ha enfadado porque el tema de conversación no era ella. Todas las noches hablamos de su sonambulismo y se ha malacostumbrado. He pasado de ella y le he preguntado a mamá por sus partidas de cartas. Me ha dicho que ya había desplumado a todas sus amigas y que ninguna amiga quería jugar con ella, y hablando, hablando, se ha animado y me ha pedido que invitase un día al Zanahoria para jugar una partidita de cartas. Sonia estaba negra, pero entonces me he girado hacia ella y, por sorpresa, le he dicho que me he encontrado con Lissy por la calle.

—¿Ah, sí?

—Sí. Y me ha dicho que añora mucho a Hans.

Sonia se ha atragantado con la verdura.

—¿Qué has dicho?

—Es que eran novios... ¿No lo sabías?

Ya sé que ha sido un golpe muy duro y que no tendría que decir mentiras, pero ha funcionado.

Sonia se ha encerrado en la habitación, ha llorado diez minutos, ha salido con los ojos hinchados y ha jurado que no quería ver ni una sola pelota en el resto de su vida y que si los americanos, puestos a bombardear, bombardeaban Alemania, ella los ayudaría.

Antonieta ha querido saber dónde íbamos el Zanahoria y yo con tanto misterio. Se notaba mucho. Llevábamos un paquete de fotocopias dentro de una bolsa y poníamos cara de cómplices. Le hemos dicho que íbamos al dentista y que en seguida volvíamos.

Se ha mosqueado, claro.

En los chiringuitos de la playa, hemos puesto manos a la obra.

—Hola, ¿quieres ser el novio de mi hermana?

El tío ha puesto cara de alucinado. Yo he aprovechado y le he dejado la fotocopia de la fotografía de Sonia en la mano.

—Se llama Sonia, es muy simpática y detrás de la foto está la dirección.

He dado media vuelta y lo he dejado mirando la foto y leyendo la dirección.

Todos han picado, todos han acabado mirando la foto. Ha estado chupado, como repartir propaganda, o más, porque nadie me ha devuelto la foto ni he encontrado ninguna foto en la papelera. No sé, quizá mañana envuelvan el bocadillo con ella, pero ya la habrán visto.

Lo he hecho como un billón de veces. Al principio he elegido los chicos que le podían gustar a Sonia. He preferido los que tenían flequillo y algún tatuaje. Pero luego he ido a saco. Todo el pueblo tiene la foto de Sonia.

He vuelto a casa bastante tarde porque he querido enseñar al Zanahoria la calle del gato. Allá hemos encontrado a Antonieta —un poco mosqueada todavía—, que nos ha cortado el paso diciendo que la calle era suya, pero no ha insistido demasiado y nos ha dejado mirarla. Y mirando, mirando, nos hemos animado y hemos acabado llamando a los timbres de todos los chalés hasta que los franceses del final de todo nos han tirado un cubo de agua al Zanahoria y a mí.

Antonieta se ha salvado del remojón porque bajaba en patinete, pero como se ha divertido viendo cómo el Zanahoria y yo pringábamos, se ha sentido vengada —por no decirle nuestro secreto— y nos ha invitado a ir mañana al minigolf. Su madre nos paga una tarde en el minigolf con la condición de que no pongamos los pies en casa.

Nos ha confesado un secreto. Su madre tiene novio, un novio separado. No he picado el anzuelo. Antonieta nos ha explicado su secreto para que nosotros le expliquemos el nuestro.

Al llegar a casa he encontrado un buen jaleo. Mi padre, que había salido en bicicleta de buena mañana, ha llamado por el móvil diciendo que había pinchado y se había perdido. Está en medio de un bosque y le parece que está cerca de un pueblo que se llama Farena porque es el último indicador que ha visto desde hace horas.

Mamá tiene que ir a buscarlo y estaba bastante enfadada con papá porque va diciendo por el mundo que quien no tiene sentido de la orientación es ella. Cuando le encuentre, la va a oír.

Se ha empeñado en acompañarme a casa del Zanahoria porque no quería dejarme sola.

—¿Y Sonia?

Mi madre, sin darle importancia, me ha explicado que había pasado a buscarla un chico y que Sonia había salido a pasear con él, pero como ya tiene llaves y es mayorcita, le ha dejado una nota diciendo que se apañe.

No me lo podía creer. ¡¡¡Un chico!!!

Lo hemos conseguido. ¡Ha funcionado!

He pegado un millón de brincos de alegría, pero en seguida me he parado bastante avergonzada. ¿Y si a mi padre se le acaba la batería del móvil y mamá no lo encuentra nunca? No he sabido si tenía que estar contenta o preocupada. Da mucha rabia no saber cómo tienes que comportarte. Es como cuando te explican una desgracia y se te escapa la risa. Le he preguntado a mamá si lo de papá era grave y si se podía morir. Me ha respondido que no, que era una tontería.

El padre del Zanahoria no piensa igual que mamá. El padre del Zanahoria es voluntario de la Cruz Roja y se ha tomado muy a pecho la desaparición de papá. Ha dicho que se tenía que dar aviso a la policía y organizar una batida para encontrarle. Y lo ha hecho. Ha descolgado el teléfono, se ha puesto en contacto con el móvil de papá y ha hablado con él poniendo voz de salvamento.

—¡No se mueva de donde está! ¿Tiene cohetes? ¿O fuego? Pues encienda una fogata. Si es necesario, avisaremos al helicóptero.

Y venga a dar órdenes. Ha sido demasiado. Mamá se ha puesto tan nerviosa que ha pedido un cigarrillo, pero, por suerte, no teníian y la madre del Zanahoria le ha preparado una tila. Mientras tanto, el padre del Zanahoria se ha disfrazado de voluntario y ha cogido una mochila cargada de vendas, inyecciones, mascarillas de oxígeno y tijeras.

De repente, me he dado cuenta de que la cosa era muy grave, de que están buscando a mi padre perdido y que quizá cuando le encuentren estará medio moribundo y le tendrán que hacer el boca a boca y atarlo a una camilla para subirlo a un helicóptero. ¡Es un rescate!

Han llegado los policías, y mamá ha querido ir con ellos y me ha dejado triste y sola. Como una película de la tele.

Yo y el Zanahoria nos hemos quedado solos y mudos mientras su madre preparaba la cena en la cocina... y entonces... me han venido ganas de reír..., una risa tonta... pero risa. Yo quería estar triste, pero no podía. Y se me ha empezado a escapar la risa por debajo de la nariz... cada vez más fuerte..., más fuerte... hasta que no he podido más y me he echado a reír.

El Zanahoria se ha visto obligado a decirme algo muy triste para que se me pasase la risa tonta.

—Para cenar hay acelgas.

Ha surtido efecto. Cuando su madre ha venido con las acelgas estaba bastante deprimida. En las películas cenan pizzas, no acelgas. He dicho que no tenía apetito, pero no ha colado. Me las he tenido que comer todas.

El Zanahoria y yo nos hemos entendido sin palabras. He comprendido por qué quiere que le adoptemos en mi casa. El suyo era el secreto mejor guardado de todos los secretos.

Me ha confesado que todas las noches cena acelgas.

Es... horroroso.

El rescate ha terminado a la una de la madrugada. Al final no ha habido ni helicóptero, ni batida, ni perros. Papá ha llegado cabreado por todo el jaleo, mamá nerviosa porque papá se había enfadado y el papá del Zanahoria encantado de la vida y con ganas de zamparse un plato de acelgas lleno hasta el borde.

Resulta que, siguiendo las instrucciones del padre del Zanahoria, papá ha encendido una hoguera con cuatro ramitas, como cuando era *boy scout*, pero el fuego se ha extendido muy deprisa y ha empezado a rodearlo, y el pobre no daba abasto a pisar ramas ni a apagar el incendio con la camisa. Por suerte, sólo estaba a trescientos metros del pueblo de Farena y al cabo de unos minutos han aparecido todos los granjeros, el alcalde y el delegado de la caja de ahorros con cubos de agua. Han apagado el fuego y le han pegado la gran bronca por ser un pirómano y provocar incendios forestales. Los policías han llegado poco después con las sirenas en marcha y mamá histérica y le han reñido por su imprudencia de salir en bicicleta solo y sin mapa. Y, encima, el pobre ha tenido que pasar un reconocimiento médico que le ha hecho el padre del Zanahoria.

Papá ha entrado en casa hecho una furia y le ha caído encima Sonia.

Nos habíamos olvidado de Sonia. Ni siquiera yo había vuelto a pensar en Sonia, ni en la fotografía, ni en el chico que la había ido a buscar. ¿Cómo podía perder el tiempo pensando en mi hermana mientras estaban rescatando a mi padre y mi mejor amigo me estaba poniendo la cabeza como un bombo con historias de ciclistas perdidos y devorados por los jabalíes de la sierra del Montsant?

Pero Sonia nos estaba esperando hecha

una magdalena y una fiera. Me ha acusado de ponerla en ridículo, de convertirla en el hazmerreír de todos, de hacerle pasar el peor momento de su vida y de salvarse por los pelos de un tarado. Lo sabía todo. Sabía que todos los chicos de su edad tenían la fotocopia de su fotografía —una fotografía horrible, decía— donde aparecían también su nombre y su dirección, y que yo había ido diciendo por todas partes que estaba buscando novio...

He tenido suerte, mucha suerte. Mis padres, los dos a la vez, le han dicho:

—¡Calla!

Lo han dicho tan a coro y con tan mala gaita que Sonia se ha asustado y ha callado.

Yo he dicho que dormiría en el sofá para no molestar a Sonia con su sonambulismo. Y lo he hecho. No las tenía todas conmigo. Mientras intentaba dormirme, de repente, me han venido unas ganas tremendas de reír.

He pensado en las acelgas.

7
¿Mi hermana es una persona humana?

Me han castigado. Mis padres me han castigado a quitar la mesa cada mediodía, a barrer la terraza y a hacerle la cama a Sonia.

Y todo porque resulta que Sonia es una persona humana.

¿Y yo qué soy? ¿Un foxterrier?

Sonia tiene muchos sentimientos y yo he herido sus sentimientos. Está llena de sentimientos por todas partes. Los sentimientos heridos de Sonia son éstos:

—En la foto enseñaba las bragas.

—Nadie la quiere.

—En la foto se le veía el empaste negro.

—En Torredembarra no tiene amigas.

—La foto le hacía la nariz gorda.

—Nadie la escucha.

—En la foto no estaba depilada.

—Todo Torredembarra sabe que no tiene novio.

—En la foto llevaba la camiseta roja que es horrorosa.

—Su familia quiere que se muera.

—La foto es del año pasado.

—Quiere que los chicos se enamoren de la persona humana que es, no de su foto.

Y cuando Sonia ha dicho esto, que ella era una persona humana..., y yo he preguntado —muy educadamente— qué quería decir y Sonia me ha contestado «Tú calla, idiota», mi madre ha intervenido a favor de ella y me ha dicho A MÍ: «Alicia, vale más que te calles».

No sé, pero sospecho que mamá está enfadada porque esta mañana han llamado a la puerta cinco chicos preguntando por Sonia y se le ha quemado el asado. Que conste que Sonia los espiaba de reojo y cada vez que mamá los echaba salía a la ventana, haciendo ver que estaba allí por casualidad, y dejaba caer un bolígrafo o una goma, como por casualidad, para que la mirasen.

No lo entiendo. Si Sonia tiene tantos sentimientos heridos —que tendría que estar en la UCI— por culpa de la fotografía que yo he repartido..., ¿por qué se hace la interesante cada vez que alguien pregunta por la fotografía que hiere sus sentimientos?

¿Qué es una persona humana?

Papá me ha dicho que las personas por fuera tenemos un armazón que se va estropeando con el tiempo y que es lo que se ve, y que por dentro tenemos nuestra humanidad, que no se ve, y que por eso somos humanas. Cuando Sonia dice que es una persona humana, quiere decir que le importa más lo que no se ve que lo que se ve.

—¿Y qué tiene Sonia por dentro? Que no se vea, quiero decir.

Ha callado como un muerto. Ha estado pensando mucho, pero ha callado.

Yo sé lo que tengo dentro, tengo ganas de tener un *body board*, de ganar un premio y de ser la hermana del Zanahoria. Y papá tiene dentro el vivir como un indio salvaje, y mamá tiene dentro jugar a cartas y tomar el sol. ¿Y Sonia?

—A mí me parece que Sonia tiene dentro su nariz, su nariz, su nariz, su pelo y su culo. Yo no le veo nada más.

Papá me ha dicho que no. Que no era verdad, que Sonia tenía otras muchas cosas.

—¿Qué otras cosas?

Ha callado.

Le he dicho al Zanahoria que no entiendo a los adolescentes ni a los adultos ni sé qué es una persona humana.

El Zanahoria tampoco. Y tampoco sabe lo

que tiene Sonia dentro, pero sí tiene muchas ideas.

Ya no sé si quiero que mi cómplice me dé ideas, porque quien carga luego con las consecuencias de sus ideas soy yo, pero he picado, soy muy curiosa.

—¿Qué idea?

—¡¡¡EL MÓVIL!!!

Ha dicho que si Sonia se enrollaba por el móvil con un desconocido y el desconocido no le veía la cara, el desconocido estaría hablando con la humanidad de Sonia —no sabemos cuál— y se enamoraría de la persona humana que se supone que es.

No está mal. Ciertamente está bien.

Pero yo no quiero que me castiguen más ni que Sonia, sonámbula, me asesine cualquier noche. Le he dicho que me lavo las manos y le he pasado la responsabilidad a él. El Zanahoria me ha jurado que si se descubre el pastel dará la cara y dirá que ha sido idea suya.

En un plisplás ha agarrado un papel y un rotulador, me ha pedido el número de móvil de Sonia y ha escrito un cartel como los que hacemos en el colegio cuando hay excursión. Yo lo he leído por encima de su hombro y he dado el visto bueno.

Si eres un chico entre 15 y 17 años
y quieres enrollarte con una persona humana
—chica—, llama al móvil 626296150.

Lo ha colgado en un chiringuito de la playa y nos hemos ido a jugar al minigolf.

Antonieta ha puesto sus reglas. Como paga ella —su madre—, ha dicho que tiene derecho a diez tiros por agujero, y yo y el Zanahoria, a cinco. Hemos regateado y hemos podido llegar a siete. Nosotros hemos tirado siete veces y ella, diez.

Antonieta nos ha propinado una paliza de campeonato, pero hemos pedido la revancha y una horchata para cada uno. Antonieta ha comprado dos horchatas y nos ha dicho que nosotros, como éramos clónicos, nos la tomásemos a medias —ella entera—. Yo he dicho que me daban asco las babas del Zanahoria —la pura verdad— y el Zanahoria se ha ofendido, y Antonieta —la muy tacaña— nos ha pedido dos pajitas. Luego, hemos jugado.

Antonieta ha vuelto a ganar.

Yo he protestado y el Zanahoria ha callado porque es muy sensible y he herido su sensibilidad diciendo lo de las babas. Antonieta —chincha-rechincha— me ha rebajado los tiros a seis —por protestar— y al Zanahoria se los ha subido a ocho —para darme celos—. Antonieta estaba ganando, estaba a punto de volver a ganar por tercera vez. El Zanahoria estaba deshinchado y deprimido por culpa de ir perdiendo y de que me diesen asco sus babas. Y yo me sentía mal por tener sólo seis tiros y haber sido tan sincera con el Zanahoria. Y en ese momento hemos visto pasar a Sonia, muy animada, disfrazada de veraneante y hablando por el móvil.

Ha pasado tan fresca a medio palmo de nuestras narices, en dirección a la playa, pero aunque nos hubiese pasado por encima no nos habría visto. No tenía ojos para nadie, miraba a través del móvil. Miraba dentro de la voz que escuchaba y que le hablaba como a una persona humana.

Papá tenía razón. Sonia tiene humanidad.

El Zanahoria y yo nos hemos quedado de una pieza y hemos hecho lo mismo al mismo tiempo. Hemos dejado plantada a Antonieta y hemos seguido a Sonia.

Sonia grita bastante cuando habla, pero grita bastante más cuando quiere ser simpática. Hemos podido pescar unas cuantas frases suyas.

—«Rubia»..., «rubio oscuro»... «De pequeña era rubia».

¿Sonia tiene una humanidad rubia? Yo esperaba tener una revelación sobre la perso-

na humana que se escondía dentro de Sonia y, la verdad, me ha decepcionado bastante. Si la humanidad de Sonia es del color de su pelo, no sé..., prefiero la humanidad sanguinaria de Antonieta. Como mínimo es más emocionante.

Hemos pescado «ojos marrones con reflejos verdes» —mentira—, «talla 36» —mentira— y «no seas guarro» —no sé por qué—.

Sonia se ha quedado hablando en la playa hasta que un chico desgarbado y lleno de granos, con un móvil en la mano, se ha ido acercando a ella, se la ha quedado observando un rato y, finalmente, se ha sentado a su lado. A partir de aquí han empezado a hablar bajito y no hemos pillado nada. Nos daban la espalda mirando el mar, y hemos estirado tanto el cuello que nos ha dado tortícolis.

Pero no pasaba nada. Sólo hablaban venga a hablar. Bla, bla...

Nos aburríamos y hemos decidido volver a casa.

El Zanahoria y yo hemos arrancado el cartel que habíamos colgado en el chiringuito —ya no hacía falta— y nos hemos marchado muy contentos. Ha funcionado de fábula.

Por el camino le he dicho que sus babas no me daban asco y que era una estratagema para que Antonieta nos invitase a dos horchatas y no una. ¿Qué otra cosa podía decirle si había conseguido que Sonia —la persona humana de Sonia— encontrase un chico humano que se enrollase con su humanidad?

El Zanahoria se ha metido un chicle en la boca, lo ha masticado un poco, se lo ha sacado con la mano sucia y me lo ha dado. Casi me muero de asco, pero me lo he metido en la boca. Ha sonreído y hemos vuelto a ser amigos.

En casa, mamá nos ha hecho jugar a cartas. Nos estaba esperando con la baraja preparada y la mesa a punto. Se moría de ganas de jugar a cartas y cualquiera que hubiese llamado a la puerta, aunque hubiese sido la policía de tráfico para ponerle una multa, habría acabado jugando a cartas con ella.

Yo no le he dicho nada al Zanahoria. He pensado que ya se daría cuenta, pero el muy tonto no se ha enterado hasta el tercer siete y medio de mamá. Me ha comentado por lo bajinis:

—Es como si hiciese trampas.

¡Pues claro! No es «como si hiciese trampas», es que mamá hace trampas, por eso nadie quiere jugar con ella. Tiene las cartas marcadas.

El Zanahoria ha alucinado por un tubo y ha dicho que era demasiado. Que nunca había visto una madre haciendo trampas y que las hacía superbién y que parecía una crupier profesional y que era la partida más emocionante de su vida.

El Zanahoria y mamá estaban tan concentrados con la partida que ni se han inmutado cuando Sonia ha entrado en casa con los ojos hinchados, ha cogido un Kleenex de encima de la mesa y se ha sonado ruidosamente para que la oyésemos.

En cualquier otro momento, mamá habría picado, pero con una baraja de cartas en las manos no. Ni caso. Ha mirado al Zanahoria y ha dicho:

—Me planto.

Sonia ha esperado unos instantes por si mamá levantaba la vista y la miraba, pero mamá ha empezado a repartir de nuevo y entonces Sonia ha dado media vuelta gritando.

—¡A nadie le importa lo que me pasa!

—¡A mí sí!

He gritado en seguida. Y era verdad. ¿Qué había pasado con su persona humana?

Pero me he quedado sin respuesta.

—¡Tú calla, idiota!

Y se ha encerrado en su habitación dando un portazo de ésos que hacen salir grietas en las paredes.

Papá ha oído el ruido —natural— y ha entrado detrás de ella para preguntarle qué le pasaba. Lo he oído todo desde el otro lado de la puerta. Sonia grita mucho.

Se ve que el chico que ha conocido por el móvil —por casualidad— era uno de esos tipos raros a los que les gustan los libros rollo y que no paran de hablar de libros. Sonia le ha explicado a mi padre que no soporta a los tarados que leen y que obligan a los demás a leer. Por eso —y porque se aburría— ha intentado darle conversación de verdad y ha propuesto un tema más interesante. Le ha preguntado al tarado de los libros —que ha conocido por el móvil por casualidad— si su nariz era como la de Nicole Kidman o la de Penélope Cruz. Y el chico le ha dicho que no se lo sabría decir porque no se había fijado. Sonia ha sollozado.

Papá ha salido pálido de la habitación de Sonia. Me ha visto y me ha confesado que él cuando era pequeño era un niño feliz y que no entendía a los niños y niñas de ahora.

Pobre papá, debe de ser muy duro descubrir que tu hija mayor no es una persona humana.

8
¿Por qué? ¿Por qué?

Han venido los tíos a pasar el fin de semana y Sonia ha dicho «¡Qué palo!» porque ella ya es mayor y no se divierte con las bromas del tío.

El tío siempre gasta la misma broma: simula que se corta un dedo y que lo pierde, lo buscamos y no lo encontramos y luego dice «¡Aquí está!» y con un dedo de la otra mano finge que se lo pone y se lo quita. Es muy auténtico, parece de verdad. Su hija, Meritxell —que tiene tres años y usa chupete—, se meaba de la risa y le ha pedido que lo repitiese hasta cinco mil millones de veces.

¿Por qué son tan morbosos los niños pequeños?

En la playa, hemos flipado con la supercolchoneta del tío. El Zanahoria, Meritxell y yo nos hemos subido los tres encima y hemos jugado al *Titanic* —el tío era el iceberg—, hasta que Meritxell casi se ahoga de verdad. Entonces, como ha tragado mucha agua, no la han dejado bañarse más y nos ha quitado la colchoneta diciendo que era suya.

¿Por qué son tan egoístas los niños pequeños?

Al mediodía hemos encendido la barbacoa en la terraza y la vecina de al lado ha venido a protestar porque el humo le entraba en el comedor y se le estaban ahumando las cortinas y los canelones. Mamá y la tía, que habían preparado la sangría y la habían probado mucho, iban diciendo que sí. Querían hacerse las serias, pero se les notaba cantidad que se estaban cachondeando de la vecina y que de un momento a otro reventarían de tanto aguantarse la risa. Cuando por fin se ha largado la vecina pesada, han caído las dos en el sofá abrazadas y mondándose de risa. Como dos locatis.

A la hora del vermut, el tío ha explicado el chiste verde que explica siempre, que hasta me lo sé yo de otros años, pero papá, como si fuese nuevo, se ha atragantado con la aceituna de tanto reír.

Me hace ilusión ver a mi familia tan alegre. Sonia no cuenta, claro.

¿Por qué a mi familia le hacen tanta gracia las tonterías?

Después de comer, mamá nos ha obligado a jugar a cartas. Los tíos son buena gente y han aparentado que no sabían que mamá hace trampas. Hemos echado una partida con lentejas y mamá nos ha desplumado a todos. Entonces, mamá se ha animado y ha decidido que ya era hora de quitarle el chupete a Meritxell. Se lo ha quitado con habilidad, le ha dicho que estaba sucio y que lo iba a lavar.

Desde la cocina, ha dado un grito y ha vuelto con cara de asustada diciendo que el chupete se había caído por el desagüe y había ido a parar al mar. ¡Menuda bola!

Mamá es muy sádica. Le gusta quitarle el chupete a las sobrinas y arrancar los dientes de leche de los vecinitos. Siempre que algún niño de la escalera tiene un diente que se mueve y comete la imprudencia de pasar por casa, mamá, con cara de buena persona, le dice... «¿A ver, a ver?» Y antes de que se dé cuenta, catacrac, ya no tiene diente.

Meritxell me ha dado pena. Se ha creído de verdad que el chupete se había ido por el desagüe y navegaba alegremente hacia el mar.

Ha querido salir al balcón para ver el mar, y lo ha estado mirando un buen rato fijamente, achicando los ojos, hasta que ha gritado muy contenta que ya veía el chupete. Se nota que es prima mía y que tiene mucha imaginación. El tío le ha prometido que más tarde iríamos a decirle adiós, porque ahora ya es una niña mayor y puede despedirse del chupete.

Meritxell —pobrecilla— ha dicho que si ya era mayor quería tomar agua roja, como los mayores, y le han dejado probar la sangría —que ha ido a parar al suelo porque la ha escupido— y se ha puesto muy contenta porque ya era mayor y ha cantado dos canciones subida en una silla. Ha desafinado la tira, pero la hemos aplaudido, se ha emocionado, ha perdido el equilibrio y se ha caído de la silla.

¿Por qué los niños pequeños se hacen daño siempre?

Meritxell se ha dado un batacazo de los buenos, se ha echado a llorar y ha pedido su chupete. Entonces, mamá se ha puesto a buscarlo y no lo ha encontrado. No se acordaba de dónde lo había escondido. Palabra. Lo hemos registrado todo —hemos mirado hasta en la cisterna del váter— y el chupete no ha aparecido.

Meritxell ha tenido una rabieta tan gorda que ha vuelto a entrar la vecina pesada para averiguar si la estábamos maltratando.

El tío ha propuesto salir a pasear para ver si se distraía. Sonia ha dicho «Yo no voy», y a mí me han nombrado niñera de Meritxell. Meritxell quería ir directamente hacia el mar para rescatar su chupete y, como yo no la dejaba, me ha tirado del pelo, me ha mordido, me ha echado arena a los ojos y me ha atizado un par de puntapiés.

¿Por qué son tan agresivos los niños pequeños?

Mis padres y mis tíos han pasado de todo. Iban un kilómetro por delante, se giraban cada media hora y me decían: «Cuidado con Meritxell, que no se haga daño». ¿Acaso son ciegos? Si quien estaba recibiendo de lo lindo era yo.

Pero ellos como si nada, haciendo el burro, que los tenía delante y los veía. Se ponían la zancadilla y se daban empujones. Papá y el tío, que siempre se pican, han acabado echando una carrera hasta el semáforo, y al tío por poco le da un infarto. Ha ganado mi padre, que de pequeño siempre era el primero. Mientras yo le animaba para que ganase me he despistado, y cuando he mirado a mi alrededor, Meritxell ya no estaba.

¿Por qué siempre se pierden los niños pequeños?

En las calles de Torredembarra, por las tardes, hay miles de personas paseando y tomando helados. Mis padres y mis tíos se han asustado bastante y me han echado una buena bronca. Hemos hecho una batida por toda la zona y yo he tenido remordimientos un rato, pero se me han pasado en seguida porque mamá la ha encontrado en una heladería gorreando helado de fresa a unos extranjeros.

Me han obligado a darle la mano y hemos vuelto a casa.

A la puerta de casa, me estaban esperando Antonieta, un chico que no conocía y que me ha dicho que se llamaba Cristian, y el Zanahoria. Antonieta, muy misteriosa, me ha invitado a parlamentar en un rincón y, sin que los demás me oyesen, me ha pedido *«porfa-porfa»* que fuese al cine con ella y con Cristian, que es un pavo insoportable y que, mira por dónde, resulta que es su hermanastro porque su padre y la madre de Antonieta son novios. Es superantipático. Sólo sabe decir «Qué palo, yo no voy» y «Tú calla, idiota».

Le he aclarado que era un adolescente, como mi hermana, y que los acompañaría al cine con la condición de no tener que sentarme al lado de Cristian, porque con Sonia ya tenía bastante.

Antonieta quería darme un beso, pero lo que Antonieta no sabía era que el beso se lo tenía que dar yo porque me había salvado de Meritxell.

¿Por qué los enemigos acaban siendo buenas personas?

Mamá ha dicho que si yo me marchaba, Sonia tendría que hacer de canguro de Meritxell porque ellos querían salir a tomar una copa. Entonces Sonia se ha presentado en el comedor, a la velocidad de la luz, y ha montado un cirio diciendo que ella no quería quedarse con la salvaje de Meritxell y que, si yo iba al cine, ella también.

¿Por qué Sonia siempre lo estropea todo?

Sonia, con todo el morro, se ha autoinvitado —sin pedirme permiso a mí, ni a Antonieta, ni a mamá—, ha cogido el bolso, ha salido al rellano de la escalera y se ha dado de narices con Cristian.

Se han quedado los dos mirando.

No se han dejado de mirar en toda la película y, cuando han encendido las luces, el Zanahoria y yo nos hemos quedado de una pieza.

Sonia y Cristian se estaban morreando.

Nos han enviado a la mierda y han desaparecido.

¿Por qué las cosas pasan cuando menos las esperas?

Antonieta se ha puesto supercontenta. Ha dicho que ha sido una chiripa poderse deshacer del tarado de Cristian y que se ha quedado tan descansada como si le hubiesen quitado un pincho del pie, pero que compadece a Sonia porque su hermanastro es la cosa más insoportable que hay sobre la tierra.

Llegados a este punto, el Zanahoria y yo nos hemos mirado y hemos coincidido en tirar la toalla. Le hemos explicado nuestro secreto a Antonieta. No sé si hemos hecho bien. Tendré que meditarlo esta noche.

Hemos hecho mal.

Antonieta ha hecho correr la voz de que gracias a ella Sonia y Cristian han ligado. Su madre le ha regalado una bicicleta y su padrastro la ha invitado a pasar un fin de semana en Port Aventura.

Sonia y Cristian sonríen, suspiran y han dejado de decir «Tú calla, idiota». Sonia me da un beso de buenas noches antes de dormir y pide las cosas «por favor».

Ayer le pidió a mamá «por favor» que la dejase ir a Port Aventura con la Vilaplana, su novio, Cristian y Antonieta.

No me lo puedo creer.

Antonieta se ha hecho la chula y ha dicho muy sinceramente que el Zanahoria y yo éramos unos fracasados y que en cambio ella era un fenómeno porque su plan había funcionado en una tarde.

¿Qué plan? ¡¡¡Si Antonieta no tenía ningún plan!!! Todo ha sido una churra.

¿Por qué? ¿Por qué? ¿Por qué últimamente me hago tantas preguntas?

Porque la vida es así, una churra, y no entiendo nada.

Y si no, que se lo pregunten a Meritxell, que encontró su chupete flotando en el mar.

9
El síndrome de Estocolmo

Sonia no está. Se ha ido con la familia Vilaplana a Port Aventura.

Ahora, Sonia tiene novio y yo no tendré que cortarme un pie ni casarme con el Zanahoria cuando sea mayor.

Me he quedado muy descansada. Mamá y papá también.

Estamos tan descansados que todo nos resulta extraño. El apartamento parece el doble de grande. Nos hemos dado cuenta de que Sonia ocupaba mucho espacio. Quiero decir que siempre estaba en todas partes —en el lavabo, en el comedor, en la cocina, en la habitación— y te tropezabas con ella o con una puerta cerrada casi siempre. Y si ella no estaba, te tropezabas con sus cosas porque ocupaba todas las mesas, sofás, sillas, cajones y perchas del apartamento con sus bragas, camisetas, revistas, maquillajes y discos compactos. El apartamento resuena, tiene eco. Ahora oímos la cadena del váter y el televisor de los vecinos. Falta el ruido de Sonia, que era como el hilo musical en estéreo de una manada de elefantes en estampida: su voz, bla, bla, bla, su móvil, ring, ring, sus portazos, patapam, sus gritos, ahhhh, su música, chumba-chumba.

En la mesa, no hemos dicho nada. Nadie ha protestado por la comida, ni ha tirado el vaso al suelo, ni se ha quejado por tener que recoger la mesa.

Hemos sido bastante felices. Pero estábamos aburridos. Las emociones fuertes son como la nicotina —lo dice mamá— y Sonia era tan alta en nicotina que... a la hora del postre nos hemos puesto a hablar de Sonia. Es la costumbre.

¡Es horrible! ¡No sabemos hablar de otra cosa!

No puede ser. Sonia no está y hablamos de ella. Tengo que llenar el apartamento con algo que no sea Sonia, un gato siamés, un perro, un conejo, un niño... ¡¡¡El Zanahoria!!!

A mis padres les ha parecido una muy buena idea invitar al Zanahoria a casa mientras Sonia no esté. Lo encuentran un chico encantador y no han puesto ninguna pega. Sus padres tampoco.

Es un sueño. Sonia fuera y con novio y el Zanahoria viviendo en casa, como mi hermano adoptivo. Jugaremos, jugaremos, jugaremos...

Por la tarde ha llegado el Zanahoria, pero, en vez de jugar conmigo, le ha propuesto a mamá echar una partida de cartas. Mi madre se ha puesto muy contenta y a mí me ha sentado fatal que mi ex cómplice me dejase tirada a la primera de cambio.

¡Es muy fuerte! ¡¡Es que casi ni me ha mirado!! Se ha ido directo a la mesa de la terraza y se ha puesto a barajar mientras mi madre disponía la fila de macarrones.

Yo estaba allá en medio, esperando que el Zanahoria me sonriese, o me guiñase un ojo, o me dijese hola.

Pero no.

Yo no estaba, o mejor dicho: era como si fuese invisible. No me veían y yo, mientras los miraba, los he encontrado muy tontos, a los dos. ¿Qué gusto le ven a jugar a cartas, si mi madre ya sabe que ganará y el Zanahoria ya sabe que perderá?

Me han invitado a jugar —para quedar bien— y he pensado que me daba mucho palo y he dicho «Qué palo» y me he encerrado en la habitación haciendo un poco de ruido al cerrar la puerta.

Pero ellos no han venido a preguntarme por qué había dicho «Qué palo» ni por qué he dado un portazo.

¿No se dan cuenta de que han herido mis sentimientos? ¿Tan difícil es entenderlo? ¡¡¡El Zanahoria es amigo mío y no de mi madre!!! ¡¡Es antinatural!!

Me he sentido muy desgraciada oyendo cómo mamá y mi mejor amigo se reían y pasaban de mí. ¡¡¡Si igual hasta se reían DE MÍ!!!

Me han entrado ganas de llorar y he puesto música para no sentirme tan sola. La música de Sonia no está nada mal. Me ha gustado. Por primera vez he escuchado las letras y creo que dicen cosas que molan, pero mi padre me ha estropeado la fiesta cuando ha entrado —con malos modos— a decirme —con malos modos— que bajase el volumen de la porquería de música aquella. Me ha salido de dentro:

—Si no te gusta oírla, no la escuches.

Papá se ha quedado muy sorprendido porque le contestase de esa forma. Pero yo no he sido maleducada. El maleducado ha sido él. Yo no he podido evitarlo. Me he puesto de mal humor sin querer y no me he podido controlar.

Mamá y el Zanahoria me han interrumpido un poco más tarde para decirme que se iban a Caprabo y que si quería acompañarlos.

Me ha dado rabia, mucha rabia. No me han consultado antes, ellos han decidido que se iban a Caprabo y no me han preguntado dónde quería ir YO. Quizá quieren decir que YO no existo, que he dejado de existir en mi propia casa.

Además, no me gusta ir a Caprabo a elegir latas de atún. He dicho:

—Yo no voy.

Y va... y se han marchado.

¿Cómo es posible?

En vez de entender que yo prefería ir a otro sitio y preguntarme dónde me apetecía ir, han interpretado que yo no quería ir.

Y ni siquiera tengo a Antonieta. En el fondo, Antonieta no era tan mala. La puedo comprender, se sentía fuera de lugar, incom-

prendida. El Zanahoria y yo la hemos marginado mucho.

No tengo amigos ni amigas.

Mejor. Prefiero estar sola.

La tarde se me ha hecho muy larga y muy triste. He estado pensando mucho en mí y creo que mi madre no me quiere. Está clarísimo que prefiere un niño pelota y descafeinado como el Zanahoria que le ríe todas las gracias y flipa con ella.

Mi padre tampoco. Él no me quería, no quería tener una hija. Fui la segunda y repetida. Esperaba que yo fuese un niño y como no he sido un niño ni me gusta montar en bicicleta le he decepcionado; no tiene ningún interés por mí.

Es muy penoso descubrirlo en un momento tan importante de mi vida. Ahora que me lo podría pasar de fábula porque Sonia no me molesta, resulta que todo se me pone en contra.

Incluso soy fea.

Sí, soy bajita y tengo nariz de patata —una nariz peor, mucho peor que la de Sonia— y estoy demasiado delgada y tengo el ombligo salido y..., horror..., tengo pelos en las piernas y... no puede ser..., me está saliendo un grano en la frente... Me he mirado al espejo y me he deprimido.

He revuelto los cajones de Sonia y me he probado su ropa. Ella sí que tiene buen gusto. Yo voy vestida como un Teletubbi. Mientras me estaba cambiando, el Zanahoria ha querido entrar y le he dado con la puerta en las narices... ¿Quería verme las bragas?

Por la noche, mientras cenábamos, papá ha anunciado que ha tenido una idea.

He intentado ponerme de buen humor. Papá puede tener ideas muy divertidas.

Pero no.

Ha dicho que, por las tardes, el Zanahoria y yo haríamos dos horas de inglés con sus casetes de «Dream English».

La sopa se me ha atragantado. No puedo dar crédito a mis oídos. ¿Quieren estropearme las pocas vacaciones que me quedan?

¿De verdad creen que algún niño del mundo sería capaz de decir sí a una proposición tan sádica?

Y el Zanahoria, el pelota del Zanahoria, el traidor del Zanahoria... va y dice que sí.

—Así nos entenderemos con los guiris..., ¿verdad, Alicia?

Y yo, ALICIA, le he fulminado con la mirada y he dicho:

—¡Tú calla, idiota!

Maite Carranza

¿Quieres ser el novio de mi hermana?

GANADOR PREMIO EDEBÉ
DE LITERATURA INFANTIL

edebé

Obra ganadora del Premio EDEBÉ de Literatura Infantil, según el fallo del Jurado, compuesto por: Ricardo Alcántara, Pep Durán, Victoria Fernández, Esperanza Nova y Roberto Santiago.

Título original: *Vols ser el nòvio de la meva germana?*

Paseo de San Juan Bosco, 62
08017 Barcelona
www.edebe.com

Directora de la colección: Reina Duarte.
Diseño de las cubiertas: David Cabús.
Ilustraciones: Jordi Sempere.
Traducción: Pau Joan Hernàndez.

3.ª edición

ISBN 84-236-6216-0
Depósito Legal: B. 44830-2002
Impreso en España
Printed in Spain
EGS - Rosario, 2 - Barcelona